Tous ensemble

Verbenlernheft

1

Bayern

Ernst Klett Verlag
Stuttgart • Leipzig

Tous ensemble 1 Verbenlernheft
Bayern

1. Auflage 1 5 4 3 2 1 | 23 22 21 20 19

Autorin: Manon Guesdon, Paris

Redaktion: Manon Guesdon, Paris; Kristina Pichler
Mediengestaltung: Bernd Gebauer

Umschlagfoto: Ilka Kramer, Lausanne
Zeichnungen: Christian Dekelver, Weinstadt
Satz: Fotosatz Kaufmann, Stuttgart
Druck: AZ Druck und Datentechnik GmbH, Kempten/Allgäu

Printed in Germany
ISBN 978-3-12-623905-9

9 783126 239059

Verben lernen mit dem Verbenlernheft

Dieses Verbenlernheft im Taschenformat soll dir dabei helfen, die Verben von *Tous ensemble 1* zu wiederholen.
So verschwendest du keine Zeit. Du kannst damit in Pausen oder in Bus und Bahn üben oder Verbformen nachschlagen, die dir gerade nicht mehr einfallen.

Du kannst in diesem Heft die Verben einer Lektion wiederholen, bestimmte Verbformen nachschlagen, Unsicherheiten zerstreuen oder dich ganz einfach „stärken", indem du zu den nicht immer einfachen Verben ein paar schriftliche Übungen machst. Das gibt dir Sicherheit, denn zu allen Übungen findest du am Ende des Heftes die Lösungen zum Vergleich oder zum „Spicken", wenn dir eine Form gerade nicht einfällt.

Am Anfang jeder *Leçon* findest du eine Liste aller neuen Verben mit ihrer Übersetzung und einen Lerntipp.
Die vielfältigen, mitunter auch spielerischen Übungen konzentrieren sich stets auf die Verben der jeweiligen *Leçon*.

Im Anschluss kannst du eine Verbform in den Verbtabellen oder direkt in der alphabetischen Verbenliste nachschlagen.

Nun aber viel Spaß und viel Erfolg!
Dein *Tous ensemble*-Team

TIPP
Vor Vokal wird **je** zu **j'**, z. B. : **j'habite**

Bonjour!

Je m'appelle ... [ʒəmapɛl]	Ich heiße ...
J'habite à ... [ʒabita]	Ich wohne in ...
C'est qui? [sɛki]	Wer ist das?
Ça va? [sava]	Wie geht's?
Ça va. [sava]	Es geht (mir) gut.
Tu t'appelles comment? [tytapɛlkɔmɑ̃]	Wie heißt du?
C'est ... [sɛ]	Das ist ...; Es ist ...

C'est la rentrée!

j'ai ... [ʒe]	ich habe ...
Qu'est-ce que c'est? [kɛskəsɛ]	Was ist das?
ça fait ... [safɛ]	das macht ...; das sind ...
tu as ... [tya]	du hast ...
il/elle a ... [il/ɛla]	er/sie hat ...
il/elle s'appelle ... [il/ɛlsapɛl]	er/sie heißt ...
Il/Elle a quel âge? [il/ɛlakɛlaʒ]	Wie alt ist er/sie?
Il/Elle a huit ans. [il/ɛlaɥitɑ̃]	Er/Sie ist acht (Jahre alt).
Regarde. [ʀəgaʀd]	Schau mal.

Les loisirs, c'est cool!

j'aime [ʒɛm]	ich mag; ich liebe
j'adore [ʒadɔʀ]	ich liebe (sehr)
je déteste [ʒədetɛste]	ich mag (überhaupt) nicht; ich hasse
chatter [tʃate]	chatten
il y a [ilja]	es gibt
On y va? [ɔ̃niva]	Gehen wir (hin)?
aimer [eme]	mögen; lieben
adorer [adɔʀe]	(sehr) lieben; am liebsten haben; mögen

détester [detɛste]	(überhaupt) nicht mögen; hassen
regarder [ʀəgaʀde]	ansehen; anschauen; betrachten
préparer [pʀepaʀe]	vorbereiten; zubereiten
chanter [ʃɑ̃te]	singen
Qu'est-ce qu'il y a? [kɛskilja]	Was gibt es?; Was ist los?
chercher [ʃɛʀʃe]	suchen
rester [ʀɛste]	bleiben
danser [dɑ̃se]	tanzen
Allez, les garçons! [alelegaʀsɔ̃]	Los geht's, Jungs!
Qu'est-ce qu'il fait? [kɛskilfɛ]	Was macht er?
tomber [tɔ̃be]	fallen; hinfallen
jouer [ʒwe]	spielen
arriver [aʀive]	kommen; ankommen
avoir [avwaʀ]	haben
avoir faim [avwaʀfɛ̃]	Hunger haben
avoir soif [avwaʀswaf]	Durst haben
Ce sont ... [səsɔ̃]	Das sind ...; Da sind ...

1 Was passt zusammen? Fülle das Raster aus.

1. C'est qui?
2. J'habite à…
3. Je m'appelle…
4. Ça va?
5. Tu t'appelles comment?
6. Tu as quel âge?

a) C'est Maxime.
b) … Julie.
c) Oui, ça va.
d) J'ai 8 ans.
e) Je m'appelle Malika.
f) … Paris.

1.	2.	3.	4.	5.	6.

2 Kreuze die richtigen Antworten an.

a) Du möchtest wissen, was das ist. Was fragst du?

- ☐ Qu'est-ce que c'est?
- ☐ Ça va?

b) Du fragst dich, was dein Freund macht. Was fragst du?

- ☐ Qu'est-ce qu'il y a?
- ☐ Qu'est-ce qu'il fait?

c) Du möchtest wissen, was los ist. Was fragst du?

- ☐ Tu t'appelles comment?
- ☐ Qu'est-ce qu'il y a?

3 Setze die fehlenden Pronomen *je/j', tu, il, elle, on, nous, vous, ils, elles* ein. Achtung! Manchmal gibt es mehrere Möglichkeiten.

a) ________________ ai

b) ________________ cherchent

c) ________________ adore

d) ________________ danses

e) ________________ chattons

f) ________________ restez

g) ________________ arrives

h) ________________ préparent

i) ________________ regardons

j) ________________ aime

k) ________________ jouez

l) ________________ détestes

4 In den ersten drei Lektionen hast du schon einige Verben gelernt. Finde sie in dem Buchstabensalat.

merai ______________________

rerado ______________________

tesdérte ______________________

chhererc ______________________

resdna ______________________

bermot ______________________

jeruo ______________________

terchan ______________________

5 Fülle die Lücken im Raster mit den entsprechenden Formen von *avoir*.

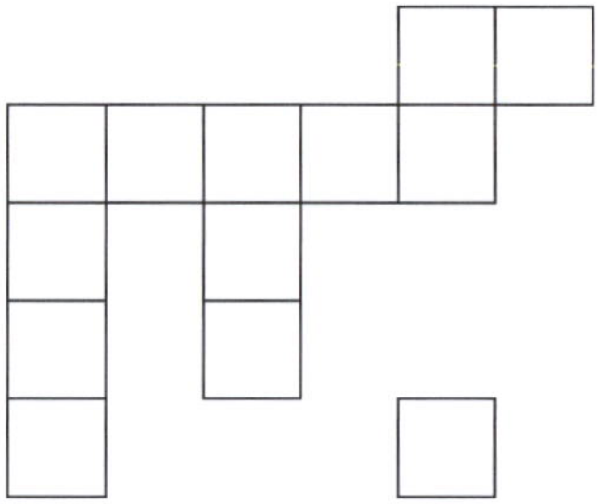

6 Ergänze nun die richtigen Formen von *avoir*.

Amir et les amis ________________ la coupe! Ils arrivent chez

Mme Moretti. La maman de Julie ________________ une crêperie.

Mme Moretti: Les filles, vous ________________ faim?

Les filles: Oui, nous ________________ faim.

Mme Moretti: Amir. Tu ________________ faim aussi?

Amir: Oh oui! J'________________ faim, Mme Moretti!

7 Fülle nun die Lücken mit den Verben in Klammer. Vergiss nicht, die Verben zu konjugieren.

a) On ________________ (*jouer*) au ping-pong ou au foot?

b) Papi ________________ (*avoir*) des cadeaux pour toi.

c) Ce ________________ (*être*) des crêpes au chocolat. Super!

d) Maxime et Amir ________________ (*adorer*) le cinéma.

TIPP
Wie du siehst, ist das Verb **être** ganz schön unregelmäßig: hier hilft nur, die Formen auswendig zu lernen. Schreibe die einzelnen Verbformen auf einen großen Zettel und hänge diesen an einen Ort, an dem du dich öfter am Tag aufhältst. So lernst du die Konjugationen im „Vorbeigehen".

Joyeux anniversaire!

être [ɛtʀ]	sein
Qu'est-ce qu'on achète? [kɛskɔ̃naʃɛt]	Was kaufen wir?
acheter [aʃte]	kaufen
C'est cher. [sɛʃɛʀ]	Das ist teuer.
Je ne sais pas. [ʒən(ə)sɛpa]	Keine Ahnung; Ich weiß (es) nicht.
Attends. [atɑ̃]	Warte mal.
faire [fɛʀ]	machen
arrêter [aʀɛte]	aufhören
apporter [apɔʀte]	bringen; mitbringen
ranger [ʀɑ̃ʒe]	aufräumen
On sonne. [ɔ̃sɔn]	Es (= jemand) klingelt.
sonner [sɔne]	klingeln; läuten
Fais voir. [fɛvwaʀ]	Zeig mal.
gagner [gaɲe]	gewinnen
On a tout? [ɔ̃natu]	Haben wir alles?

1 Finde die Verbformen von *être* und ergänze sie im Gitternerz.

a) [ ][ ][ ][ ]
b) [ ][ ]
c) [ ][ ][ ]

d) [ ][ ][ ][ ][ ][ ]
e) [ ][ ][ ][ ]
f) [ ][ ][ ][ ]

a) je ______________________ d) nous ______________________

b) tu ______________________ e) vous ______________________

c) il/elle/on ______________________ f) ils/elles ______________________

2 Verbinde die Satzteile miteinander und schreibe die Sätze anschließend.

a) Oui, je	sont	samedi.
b) Où	êtes	d'accord!
c) Mon anniversaire, c'	suis	où?
d) Vous	est	les filles?
e) Allô? Oui, nous	sommes	dans le bus.

a) ____________________

b) ____________________

c) ____________________

d) ____________________

e) ____________________

3 Bringe die Satzteile in die richtige Reihenfolge.

a) de / Les parents / ce sont / ma mère, / grands-parents. / mes

____

b) d'anniversaire. / apportent / Les amis / de Maxime / un cadeau

____

c) qu'il y a / l'étagère / Qu'est-ce / sur / de Julie?

____

d) tu / ranges / Demain, / ta chambre.

____

e) on / l'anniversaire / achète / pour / Qu'est-ce qu' / de Maxime?

____

4 In dieser Lektion hast du auch einige neue Sätze gelernt. Übersetze sie.

Deutsch	Französisch
Warte mal.	
Das ist teuer.	
Zeig mal.	
Keine Ahnung./Ich weiß (es) nicht.	
Es klingelt.	
Haben wir alles?	

5 Finde im Gitternetz die Verformen von *faire*.

TIPP
Schreibe Wörter/Ausdrücke, die dir schwierig erscheinen auf und hebe sie deutlich hervor (z. B. Schwierigkeiten farbig markieren).

Bienvenue à Paris

habiter [abite]	wohnen
on y va [ɔ̃niva]	wir gehen (da)hin
faire du shopping [fɛʀdyʃɔpiŋ]	shoppen gehen; einkaufen gehen
visiter [vizite]	besichtigen
aller [ale]	gehen; fahren
inviter [ɛ̃vite]	einladen
Je t'aime. [ʒətɛm]	Ich liebe dich.
prendre [pʀɑ̃dʀ]	nehmen
quand il fait beau [kɑ̃tilfɛbo]	wenn das Wetter schön ist
Il fait beau. [ilfɛbo]	Es ist schön.; Das Wetter ist schön.
halluciner [alysine]	halluzinieren; spinnen
Comme il jongle! [kɔmilʒɔ̃gl]	Wie er jongliert!
jongler [ʒɔ̃gle]	jonglieren
C'est fou! [sɛfu]	Das ist verrückt!; Wahnsinn!
Attendez. [atɑ̃de]	Wartet mal.
Ce n'est pas cher. [sənɛpaʃɛʀ]	Das ist nicht teuer.; Das ist billig.
payer [peje]	bezahlen
parler [paʀle]	sprechen
Ça fait combien? [safɛkɔ̃bjɛ̃]	Wie viel kostet das?
Il pleut. [ilplø]	Es regnet.
Merci, madame, vous êtes super!	Vielen Dank, Sie sind super!
Il est quelle heure? [ilɛkɛlœʀ]	Wie viel Uhr ist es?
Ce n'est pas vrai! [sənɛpavʀɛ]	Das darf nicht wahr sein!
être en retard [ɛtʀɑ̃ʀətaʀ]	zu spät kommen; spät dran sein
Vous désirez? [vudeziʀe]	Sie wünschen?
Je voudrais ... [ʒəvudʀɛ]	Ich möchte ...; Ich hätte gern ...
C'est tout. [sɛtu]	Das ist alles.
trouver [tʀuve]	finden
faire un numéro [fɛʀɛ̃nymeʀo]	eine Nummer wählen

1 Welche Verben verstecken sich hinter den Buchstabensalaten?

L L E A R __________________________ *(gehen)*

T E R V I S I __________________________ *(besichtigen)*

G L R E N O J __________________________ *(jonglieren)*

V E R T R O U __________________________ *(finden)*

C R E C H E R H __________________________ *(suchen)*

U L L N E R H A C I __________________________ *(spinnen)*

I N T I V E R __________________________ *(einladen)*

Y E R P A __________________________ *(bezahlen)*

2 Fülle nun die Lücken mit den Verben aus Übung 1. Vergiss nicht, die Verben zu konjugieren.

Aujourd'hui il fait beau, Julie et Lisa **v**____________ 

à Montmartre. Elles **v**_______________ le Sacré-Cœur.

Wahou! C'est fou! Traoré est là et il **j**____________ 

avec son ballon. Julie **h**_______________! Vite un film! Lisa

c_______________ et **t**_______________ son portable. Ouf!

3 Ergänze die Sätze mit der passenden Verbform von *aller*.

a) On ___ ___ à la crêperie?

b) Demain, je ne ___ ___ ___ ___ pas au collège.

c) Il fait beau. Tu ___ ___ ___ à la piscine?

d) Nous ___ ___ ___ ___ ___ ___ à Aquaboulevard.

e) Lisa et Julie ___ ___ ___ ___ à Montmartre.

f) Vous n'___ ___ ___ ___ ___ pas au cinéma demain?

4 Ergänze die zwei Gespräche mit den richtigen Formen von *prendre (4x), aller (2x), halluciner, payer*.

a) – Tu ________________ le métro pour ________________ à la Fnac?

– Non, je ________________ le bus.

– D'accord. Alors, nous ________________ le bus ensemble.

b) – J'________________, la Tour Eiffel est très grande!

– Oh oui! On y ________________? Je ________________ les tickets.

– D'accord! Moi, je ________________ des photos de nous.

5 *Aller* oder *faire*? Streiche das falsche Verb durch.

Aujourd'hui il fait beau, alors je ne **vais** / **fais** pas au cinéma. Avec les amis, nous **allons** / **faisons** à la plage et nous **allons** / **faisons** du sport. On **va** / **fait** du foot. Léa **va** / **fait** un pique-nique avec les filles. Après, elles **vont** / **font** du vélo. Et vous? Qu'est-ce que vous **allez** / **faites** aujourd'hui?

6 Verneine die Sätze.

a) Il fait du shopping.

____

b) Je parle français.

____

c) Il fait beau.

____

d) Vous êtes en retard.

____

e) Elles habitent à Paris.

____

f) Nous prenons le bus.

____

g) C'est cher!

____

7 Kreuze die richtigen Antworten an.

a) Du möchtest, dass deine Freunde auf dich warten. Was sagst du?
☐ Attendez. ☐ C'est tout.

b) Du möchtest wissen, wie viel etwas kostet. Was fragst du?
☐ C'est vrai? ☐ Ça fait combien?

c) Du möchtest wissen, wie spät es ist. Was fragst du?
☐ Il est quelle heure? ☐ On y va?

d) Du gehst in eine Bäckerei. Der Verkäufer fragt, was du haben möchtest.
☐ C'est tout? ☐ Vous désirez?

e) Du antwortest dem Verkäufer, dass du ein Sandwich kaufen möchtest.
☐ Je voudrais un sandwich. ☐ Je suis en retard.

TIPP
Wenn du dir neue Vokabeln besser einprägen möchtest, sprich diese beim Lernen immer laut vor.

Voilà notre collège

commencer [kɔmɑ̃se]	anfangen; beginnen
manger [mɑ̃ʒe]	essen
allumer [alyme]	einschalten
D'où est-ce que tu viens? [duɛskətyvjɛ̃]	Woher kommst du?
retrouver qn [ʀətʀuve]	jdn. treffen
J'ai 16 (sur 20). [ʒesɛz(syʀvɛ̃)]	Ich habe 16 Punkte (von 20).
rentrer [ʀɑ̃tʀe]	nach Hause gehen; zurückkommen
C'est quel jour? [sɛkɛlʒuʀ]	Welcher Tag ist es?
pouvoir [puvwaʀ]	können
vouloir [vulwaʀ]	wollen
Ça vous intéresse? [savuzɛ̃teʀɛs]	Interessiert euch/Sie das?
Ça m'intéresse. [samɛ̃teʀɛs]	Das interessiert mich.
cliquer [klike]	klicken
confirmer [kɔ̃fiʀme]	bestätigen
réviser [ʀevize]	lernen; wiederholen
avoir rendez-vous [avwaʀʀɑ̃devu]	eine Verabredung haben; einen Termin haben
taper [tape]	tippen

1 Fülle die Lücke mit den richtigen Formen von *vouloir* oder *pouvoir*.

a) Tu ______________________ (*vouloir*) jouer au basket avec moi?

b) Je ______________________ (*vouloir*) un nouveau portable.

c) Vous ______________________ (*pouvoir*) manger à la pizzeria, c'est super!

d) Nous ______________________ (*pouvoir*) réviser les maths chez moi.

e) Elles ______________________ (*vouloir*) faire un spectacle bientôt.

f) Je ______________________ (*pouvoir*) allumer l'ordinateur?

g) Il ______________________ (*vouloir*) regarder une comédie musicale.

h) Nous ______________________ (*vouloir*) faire un tournoi de handball.

2 Finde die Frage oder die Antwort und ergänze den Text.

a) – Le théâtre, ________ ________ ______________________?

– Oui, ça nous intéresse.

b) – ______ '__________ quel ________________, l'interro?

– L'interro, c'est mardi prochain.

c) – Ça t'intéresse, l'histoire-géo?

– Oui, __________ __________ '______________________.

d) – ______ '__________ __________ -________ ______ tu viens?

– Je viens de Strasbourg.

3 **a) Setze die fehlenden Pronomen *je, tu, il, elle, on, nous, vous, ils, elles* ein. Achtung! Manchmal gibt es mehrere Möglichkeiten.**

b) Dann schreibe in der Tabelle, was zusammen passt.

1. ________________ cliques — a) l'interro
2. ________________ confirme — b) à la cantine
3. ________________ révisez — c) avec la souris
4. ________________ allument — d) sur le clavier
5. ________________ tape — e) l'ordinateur
6. ________________ mangeons — f) le rendez-vous

1.	2.	3.	4.	5.	6.

4 **Ergänze die Sätze mit den richtigen Formen von *commencer, rentrer, avoir, manger, retrouver, pouvoir* oder *vouloir*.**

a) Demain, les cours ________________________ à 9 heures.

b) Vous ________________________ à la cantine? J'ai faim!

c) Il ________________________ son amie devant le collège.

d) Lundi, nous ________________________ une interro de français.

e) Je ________________________ être dans ton équipe?

f) Nous ________________________ un grand écran pour notre salle de classe.

g) Il pleut! Toi, tu ________________________ à la maison. Vite!

5 Kreuze die richtigen Antworten an.

a) Du fragst deinen Lehrer, wann die Klassenarbeit ist.

- ☐ Ça vous intéresse?
- ☐ C'est quel jour, monsieur?

b) Du sagst deinen Freunden, dass ihr morgen einen Termin habt.

- ☐ Nous avons rendez-vous demain.
- ☐ Nous avons 16/20.

c) Du fragst deinen Freund, wie spät es ist.

- ☐ On a rendez-vous chez moi?
- ☐ Il est quelle heure?

d) Du willst wissen, woher der neue Schüler kommt.

- ☐ Ça t'intéresse?
- ☐ D'où est-ce que tu viens?

e) Du sagst deiner Freundin, wo ihr euch morgen trefft.

- ☐ On se retrouve demain, au cinéma.
- ☐ On confirme le rendez-vous.

f) Du sagst deiner Freundin, dass dich etwas interessiert.

- ☐ Ça vous intéresse?
- ☐ Ça m'intéresse.

g) Du sagst, dass du eine gute Bewertung auf eine Präsentation bekommen hast.

- ☐ On a rendez-vous demain.
- ☐ J'ai 16 sur 20.

TIPP
Bereite dich zusammen mit einem Freund/einer Freundin vor. Prüft euch gegenseitig ab und lest die Verben immer laut vor, sodass ihr sie irgendwann auswendig kennt.

Une région superbe

passer [pase]	verbringen
Il fait quel temps? [ilfɛkɛltɑ̃]	Wie ist das Wetter?
présenter [pʀezɑ̃te]	vorstellen; präsentieren
écouter [ekute]	zuhören
intéresser [ɛ̃teʀese]	interessieren
noter [nɔte]	aufschreiben; notieren
rigoler [ʀigole]	Spaß haben; herumalbern
frapper [fʀape]	klopfen
Entrez. [ɑ̃tʀe]	Herein.
entrer [ɑ̃tʀe]	eintreten; betreten; hereinkommen
avoir peur [avwaʀpœʀ]	Angst haben
Ce n'est pas facile. [sənɛpafasil]	Das ist nicht leicht.
paniquer [panike]	in Panik geraten
tourner [tuʀne]	abbiegen; (sich) drehen
Tout va bien. [tuvabjɛ̃]	Alles läuft gut.; Alles in Ordnung.
J'en ai marre. *(fam.)* [ʒɑ̃nemaʀ]	Ich habe die Nase voll. *(ugs.)*
Ça arrive à tout le monde. [saaʀivatulmɔ̃d]	Das kann jedem passieren.
partager [paʀtaʒe]	teilen
continuer [kɔ̃tinɥe]	weitergehen; weitermachen; fortfahren
Il fait chaud. [ilfɛʃo]	Es ist warm.; Es ist heiß.
Il fait froid. [ilfɛfʀwa]	Es ist kalt.

1 Finde im Gitternetz die folgenden Verformen.

r	p	r	t	e	u	û	z	p	c	x	é
é	a	f	v	e	i	û	t	a	ç	q	t
c	r	r	o	l	v	e	s	s	e	r	o
o	t	a	l	u	z	t	ç	s	p	o	u
u	a	p	a	n	i	q	u	e	r	r	r
t	g	p	n	r	t	è	v	r	i	o	n
e	e	e	t	i	e	j	e	u	e	s	e
r	r	r	e	z	r	i	g	o	l	e	r

a) verbringen ______________________________

b) teilen ______________________________

c) zuhören ______________________________

d) in Panik geraten ______________________________

e) klopfen ______________________________

f) abbiegen ______________________________

g) lachen ______________________________

2 Fülle nun die Lücken mit den Verben aus Übung 1. Vergiss nicht, die Verben zu konjugieren.

a) Julie ____________________ deux semaines chez son père.

b) Maxime ____________________ le gâteau avec ses amis.

c) Laure et Inès ______________________________ beaucoup en colo.

d) Dans le canoë, Julie a peur. Carla demande: «Pourquoi est-ce que tu ____________________?»

e) Samir dit à Julie: « ____________________ à gauche!»

f) L'animateur dit à tout le monde: «____________________ le programme!»

3 In dieser Lektion hast du einige neue Sätze gelernt. Übersetze sie.

Deutsch	Französisch
Herein.	
Es ist warm.	
Es ist kalt.	
Ich habe die Nase voll.	
Das ist nicht leicht.	
Alles läuft gut.	
Wie ist das Wetter?	
Das kann jedem passieren.	

4 Ergänze die Sätze mit den richtigen Formen von *partager*, *noter*, *continuer*, *avoir*, *présenter*, *intéresser*, *tourner*.

a) Le canöe de Julie ____________________ toujours à droite.

b) Vous ____________________ peur du volcan?

c) Nous ____________________ la chambre avec des amis.

d) Maxime et Amir ____________________ le programme des vacances.

e) Je ____________________ mon nom sur la liste.

f) Ça vous ____________________, l'accrobranche?

g) Demain, on fait un tour à vélo. Les vacances ____________________!

5 Bringe die Satzteile in die richtige Reihenfolge. Achtung! Die meisten Sätze sind im *futur composé*.

a) une semaine / Je / passer / à Marseille. / vais

____

b) chaud. / À Marseille, / il fait

____

c) un stage / faire / Je / de tennis. / vais

____

d) la chambre / deux filles. / Je / vais / avec / partager

____

e) va / visiter / On / la ville.

____

f) ne / on / faire / du shopping. / pas / va / Mais

____

6 Setze folgende Sätze ins *futur composé*.

a) Quand est-ce que tu vas en France?

____

b) Viens avec nous, on rigole.

____

c) Nous passons une semaine chez des copains.

____

d) D'abord, vous visitez un superbe château.

____

e) Toute la famille partage le pique-nique.

____

7 Wer erhält die nachfolgenden Befehle? Kreuze an.

		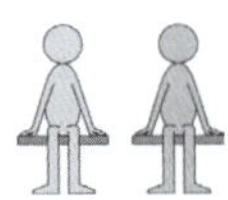
a) Tournez à droite.	☐	☐
b) Écoute le rap.	☐	☐
c) Ne panique pas.	☐	☐
d) Présentez les activités.	☐	☐
e) Partagez les crêpes.	☐	☐
f) Écoute l'animatrice.	☐	☐
g) Frappez à la porte.	☐	☐

Zu den Verbtabellen

Die Verben werden in **zwei** Gruppen eingeteilt:

die **Gruppe 1** mit den **„normalen“ Verben auf** ***-er*** und mit denen, die eine **kleine „Macke“** haben **(1c–1f)**,

die **Gruppe 2** mit den **unregelmäßigen Verben**; sie werden einzeln durchnummeriert.

In den folgenden Bänden werden die Verbtabellen sowohl um die neu hinzukommenden Zeiten als auch um die neuen unregelmäßigen Verben erweitert.

1 Die Verben auf *–er* : *-e, -es, -e, -ons, -ez, -ent*

1a chatter (chatten)					TE I 3B
Präsens		**Futur composé**			**Imperativ**
je	chatt**e**	je	vais	chatter	Chatte.
tu	chatt**es**	tu	vas	chatter	Chattez.
il/elle/on	chatt**e**	il/elle/on	va	chatter	
nous	chatt**ons**	nous‿	allons	chatter	
vous	chatt**ez**	vous‿	allez	chatter	
ils/elles	chatt**ent**	ils/elles	vont	chatter	

Ebenso: alle regelmäßigen Verben auf *-er*, die mit Konsonant beginnen.

1b écouter (zuhören)					TE I 7A
Präsens		**Futur composé**			**Imperativ**
j'	écout**e**	je	vais	écouter	Écoute.
tu	écout**es**	tu	vas	écouter	Écoutez.
il/elle/on‿	écout**e**	il/elle/on	va	écouter	
nous‿	écout**ons**	nous‿	allons	écouter	
vous‿	écout**ez**	vous‿	allez	écouter	
ils/elles‿	écout**ent**	ils/elles	vont	écouter	

Ebenso: alle regelmäßigen Verben auf *-er*, die mit Vokal oder stummem *h* beginnen.

1c acheter (kaufen)					TE I 4A
Präsens		**Futur composé**			**Imperativ**
j'	achète	je	vais	acheter	Achète.
tu	achètes	tu	vas	acheter	Achetez.
il/elle/on‿	achète	il/elle/on	va	acheter	
nous‿	achetons	nous‿	allons	acheter	
vous‿	achetez	vous‿	allez	acheter	
ils/elles	achètent	ils/elles	vont	acheter	

1d commencer (anfangen, beginnen)					TE I 6A
Präsens		**Futur composé**			**Imperativ**
je	commence	je	vais	commencer	Commence.
tu	commences	tu	vas	commencer	Commencez.
il/elle/on	commence	il/elle/on	va	commencer	
nous	commençons	nous‿	allons	commencer	
vous	commencez	vous‿	allez	commencer	
ils/elles	commencent	ils/elles	vont	commencer	

1e **manger** (essen)					TE I 6A
Präsens		**Futur composé**			**Imperativ**
je	mange	je	vais	manger	Mange.
tu	manges	tu	vas	manger	Mangez.
il/elle/on	mange	il/elle/on	va	manger	
nous	mang**e**ons	nous‿	allons	manger	
vous	mangez	vous‿	allez	manger	
ils/elles	mangent	ils/elles	vont	manger	

Ebenso: **partager** (teilen), **ranger** (aufräumen)

1f **payer** (zahlen, bezahlen)					TE I 5A
Präsens		**Futur composé**			**Imperativ**
je	pa**i**e	je	vais	payer	Pa**i**e.
tu	pa**i**es	tu	vas	payer	Payez.
il/elle/on	pa**i**e	il/elle/on	va	payer	
nous	payons	nous‿	allons	payer	
vous	payez	vous‿	allez	payer	
ils/elles	pa**i**ent	ils/elles	vont	payer	

2 Unregelmäßige Verben

2 **avoir** (haben)					TE I 3B
Präsens		**Futur composé**			**Imperativ**
j'	**ai**	je	vais	avoir	
tu	**as**	tu	vas	avoir	–
il/elle/on‿	**a**	il/elle/on	va	avoir	
nous‿	**avons**	nous‿	allons	avoir	
vous‿	**avez**	vous‿	allez	avoir	
ils/elles‿	**ont**	ils/elles	vont	avoir	

3 **être** (sein)					TE I 4A
Präsens		**Futur composé**			**Imperativ**
je	**suis**	je	vais	être	
tu	**es**	tu	vas	être	–
il/elle/on‿	**est**	il/elle/on	va	être	
nous	**sommes**	nous‿	allons	être	
vous‿	**êtes**	vous‿	allez	être	
ils/elles	**sont**	ils/elles	vont	être	

4 aller (gehen, fahren)					TE I 5A
Präsens		**Futur composé**			**Imperativ**
je	**vais**	je	vais	aller	**Va.**
tu	**vas**	tu	vas	aller	Allez.
il/elle/on	**va**	il/elle/on	va	aller	
nous‿	**allons**	nous‿	allons	aller	
vous‿	**allez**	vous‿	allez	aller	
ils/elles	**vont**	ils/elles	vont	aller	

5 faire (machen)					TE I 4B
Präsens		**Futur composé**			**Imperativ**
je	fai**s**	je	vais	faire	Fais.
tu	fai**s**	tu	vas	faire	Faites.
il/elle/on	fai**t**	il/elle/on	va	faire	
nous	fai**sons**	nous‿	allons	faire	
vous	**faites**	vous‿	allez	faire	
ils/elles	**font**	ils/elles	vont	faire	

6 pouvoir (können) — TE I 6B

Präsens		Futur composé			Imperativ
je	**peux**	je	vais	pouvoir	–
tu	**peux**	tu	vas	pouvoir	
il/elle/on	**peut**	il/elle/on	va	pouvoir	
nous	pou**vons**	nous‿	allons	pouvoir	
vous	pou**vez**	vous‿	allez	pouvoir	
ils/elles	**peuvent**	ils/elles	vont	pouvoir	

7 prendre (nehmen) — TE I 5A

Präsens		Futur composé			Imperativ
je	pren**ds**	je	vais	prendre	Prends.
tu	pren**ds**	tu	vas	prendre	Prenez.
il/elle/on	pren**d**	il/elle/on	va	prendre	
nous	prenons	nous‿	allons	prendre	
vous	prenez	vous‿	allez	prendre	
ils/elles	pre**nn**ent	ils/elles	vont	prendre	

Ebenso: apprendre (lernen)

8 **vouloir** (wollen)					TE I 6B
Präsens		**Futur composé**			**Imperativ**
je	**veux**	je	vais	vouloir	
tu	**veux**	tu	vas	vouloir	–
il/elle/on	**veut**	il/elle/on	va	vouloir	
nous	voul**ons**	nous‿	allons	vouloir	
vous	voul**ez**	vous‿	allez	vouloir	
ils/elles	**veulent**	ils/elles	vont	vouloir	

					N° *
A					
acheter	kaufen	I	4	A	**1c**
adorer	(sehr) lieben; am liebsten haben; mögen	I	3	A	**1b**
aimer	mögen; lieben	I	3	A	**1b**
aller	gehen; fahren	I	5	A	**4**
allumer	einschalten	I	6	A	**1b**
apporter	bringen; mitbringen	I	4	B	**1b**
arrêter	aufhören	I	4	B	**1b**
arriver	kommen; ankommen	I	3	B	**1b**
avoir	haben	I	3	B	**2**
il y a	es gibt	I	3	A	**lex.**
C					
chanter	singen	I	3	A	**1a**
chatter	chatten	I	3	A	**1a**
chercher	suchen	I	3	B	**1a**
cliquer	klicken	I	6	B	**1a**
commencer	anfangen; beginnen	I	6	A	**1d**
confirmer	bestätigen	I	6	B	**1a**
continuer	weitergehen; weitermachen; fortfahren	I	7	A	**1a**
D					
danser	tanzen	I	3	B	**1a**
détester	(überhaupt) nicht mögen; hassen	I	3	A	**1a**

* Diese Nummer bezeichnet die Verbkategorie.

E					
écouter	zuhören	I	7	A	**1b**
entrer	eintreten; betreten; hereinkommen	I	7	A	**1b**
être	sein	I	4	C	**3**
F					
faire	machen	I	4	B	**5**
frapper	klopfen	I	7	A	**1a**
G					
gagner	gewinnen	I	4	B	**1a**
H					
habiter	wohnen	I	5	A	**1b**
halluciner	halluzinieren; spinnen	I	5	A	**1b**
I					
intéresser	interessieren	I	7	A	**1b**
inviter	einladen	I	5	A	**1b**
J					
jongler	jonglieren	I	5	A	**1a**
jouer	spielen	I	3	B	**1a**
M					
manger	essen	I	6	A	**1e**
N					
noter	aufschreiben; notieren	I	7	A	**1a**
P					
paniquer	in Panik geraten	I	7	A	**1a**
parler	sprechen	I	5	A	**1a**

partager	teilen	I	7	A	**1e**
passer	verbringen	I	7	A	**1a**
payer	bezahlen	I	5	A	**1f**
pouvoir	können	I	6	B	**6**
prendre	nehmen	I	5	A	**7**
préparer	vorbereiten; zubereiten	I	3	A	**1a**
présenter	vorstellen; präsentieren	I	7	A	**1a**

R

ranger	aufräumen	I	4	B	**1e**
regarder	ansehen; anschauen; betrachten	I	3	A	**1a**
rentrer	nach Hause gehen; zurückkommen	I	6	A	**1a**
rester	bleiben	I	3	B	**1a**
retrouver qn	jdn. treffen	I	6	A	**1a**
réviser	lernen; wiederholen	I	6	A	**1a**
rigoler	Spaß haben; herumalbern	I	7	A	**1a**

S

sonner	klingeln; läuten	I	4	B	**1a**

T

taper	tippen	I	6	B	**1a**
tomber	fallen; hinfallen	I	3	B	**1a**
tourner	abbiegen; (sich) drehen	I	7	A	**1a**
trouver	finden	I	5	C	**1a**

V

visiter	besichtigen	I	5	A	**1a**
vouloir	wollen	I	6	B	**8**

Leçons 1–3

1 1.a) 2.f) 3.b) 4.c) 5.e) 6.d)

2 a) Qu'est-ce que c'est? b) Qu'est-ce qu'il fait? c) Qu'est-ce qu'il y a?

3

a) j'ai	b) ils/elles cherchent	c) j'/il/elle/on adore
d) tu danses	e) nous chattons	f) vous restez
g) tu arrives	h) ils/elles préparent	i) nous regardons
j) j'/il/elle/on aime	k) vous jouez	l) tu détestes

4

 aimer  adorer  détester

 chercher  danser  tomber

 jouer  chanter

5

				a	i
a	v	o	n	s	
v		n			
e		t			
z				a	

6 Amir et les amis **ont** la coupe! Ils arrivent chez Mme Moretti.
La maman de Julie **a** une crêperie.
Mme Moretti: Les filles, vous **avez** faim?
Les filles: Oui, nous **avons** faim.
Mme Moretti: Amir. Tu **as** faim aussi?
Amir: Oh oui! J'**ai** faim, Mme Moretti!

7 a) On **joue** au ping-pong ou au foot?
b) Papi **a** des cadeaux pour toi.
c) Ce **sont** des crêpes au chocolat. Super!
d) Maxime et Amir **adorent** le cinéma.

Leçon 4

1

a)	s	u	i	s		
b)	e	s				
c)	e	s	t			
d)	s	o	m	m	e	**s**
e)	ê	t	e	s		
f)	s	o	n	t		

a) je suis	c) il/elle/on est	e) vous êtes
b) tu es	d) nous sommes	f) ils/elles sont

2 a) Oui, je suis d'accord!/dans le bus.
b) Où sont les filles?
c) Mon anniversaire, c'est samedi.
d) Vous êtes où?
e) Allô? Oui, nous sommes dans le bus./d'accord.

3 a) Les parents de ma mère, ce sont mes grands-parents.
b) Les amis de Maxime apportent un cadeau d'anniversaire.
c) Qu'est-ce qu'il y a sur l'étagère de Julie?
d) Demain, tu ranges ta chambre.
e) Qu'est-ce qu'on achète pour l'anniversaire de Maxime?

4

Deutsch	Französisch
Warte mal.	Attends.
Das ist teuer.	C'est cher.
Zeig mal.	Fais voir.
Keine Ahnung./Ich weiß (es) nicht.	Je ne sais pas.
Es klingelt.	On sonne.
Haben wir alles?	On a tout?

5

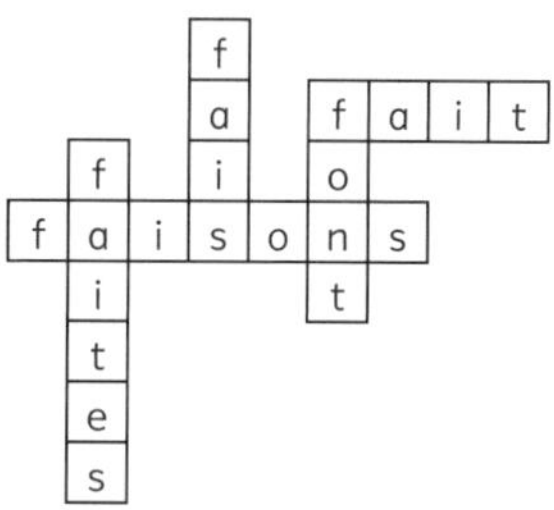

Leçon 5

1 **aller** (gehen) **visiter** (besichtigen) **jongler** (jonglieren)
trouver (finden) **chercher** (suchen) **halluciner** (spinnen)
inviter (einladen) **payer** (bezahlen)

2 Aujourd'hui il fait beau, Julie et Lisa **vont** à Montmartre. Elles **visitent** le Sacré-Cœur. Waouh! C'est fou! Traoré est là et il **jongle** avec son ballon. Julie **hallucine**! Vite un film! Lisa **cherche** et **trouve** son portable. Ouf!

3 a) On **va** à la crêperie?
b) Demain, je ne **vais** pas au collège.
c) Il fait beau. Tu **vas** à la piscine?
d) Nous **allons** à Aquaboulevard.
e) Lisa et Julie **vont** à Montmartre.
f) Vous n'**allez** pas au cinéma demain?

4 a) – Tu **prends** le métro pour **aller** à la Fnac?
- Non, je **prends** le bus.
- D'accord. Alors, nous **prenons** le bus ensemble.
b) – J'**hallucine,** la Tour Eiffel est très grande!
- Oh oui! On y **va**? Moi, je **paie** les tickets.
- D'accord! Et moi, je **prends** des photos de nous.

5 Aujourd'hui il fait beau, alors je ne **vais** pas au cinéma. Avec les amis, nous **allons** à la plage et nous **faisons** du sport. On **fait** du foot. Léa **fait** un pique-nique avec les filles. Après, elles **font** du vélo. Et vous? Qu'est-ce que vous **faites** aujourd'hui?

6 a) Il **ne** fait **pas** du shopping.
b) Je **ne** parle **pas** français.
c) Il **ne** fait **pas** beau.
d) Vous **n'**êtes **pas** en retard.
e) Elles **n'**habitent **pas** à Paris.
f) Nous **ne** prenons **pas** le bus.
g) Ce **n'**est **pas** cher!

7 a) Attendez. b) Ça fait combien? c) Il est quelle heure?
d) Vous désirez? e) Je voudrais un sandwich.

Leçon 6

1 a) Tu **veux** jouer au basket avec moi?
b) Je **veux** un nouveau portable.
c) Vous **pouvez** manger à la pizzeria, c'est super!
d) Nous **pouvons** réviser les maths chez moi.
e) Elles **veulent** faire un spectacle bientôt.
f) Je **peux** allumer l'ordinateur?
g) Il **veut** regarder une comédie musicale.
h) Nous **voulons** faire un tournoi de handball.

2 a) Le théâtre, **ça vous intéresse**?
b) **C'est** quel **jour**, l'interro?
c) Oui, **ça m'intéresse**.
d) **D'où est-ce que** tu viens?

3 **a) tu** cliques
je/il/elle/on confirme
vous révisez
ils/elles allument
je/il/elle/on tape
nous mangeons
b) 1.c) ; 2.f) ; 3.a) ; 4.e) ; 5.d) ; 6.b)

4 a) Demain, les cours **commencent** à 9 heures.
b) Vous **mangez** à la cantine? J'ai faim!
c) Il **retrouve** son amie devant le collège.
d) Lundi, nous **avons** une interro de français.
e) Je **peux** être dans ton équipe?
f) Nous **voulons** un grand écran pour notre de classe.
g) Il pleut! Toi, tu **rentres** à la maison. Vite!

5 a) C'est quel jour, monsieur?
b) Nous avons rendez-vous demain.
c) Il est quelle heure?
d) D'où est-ce que tu viens?
e) On se retrouve demain, au cinéma.
f) Ça m'interesse.
g) J'ai 16 sur 20.

Leçon 7

1

r	**p**	r	t	e	u	û	z	**p**	c	x	é
é	**a**	**f**	v	e	i	û	t	**a**	ç	q	**t**
c	**r**	**r**	o	l	v	e	s	**s**	e	r	**o**
o	**t**	**a**	l	u	z	t	ç	**s**	p	o	**u**
u	**a**	**p**	**a**	**n**	**i**	**q**	**u**	**e**	**r**	r	**r**
t	**g**	**p**	n	r	t	è	v	**r**	i	o	**n**
e	**e**	**e**	t	i	e	j	e	u	e	s	**e**
r	**r**	**r**	e	z	**r**	**i**	**g**	**o**	**l**	**e**	**r**

a) verbringen — **passer**
b) teilen — **partager**
c) zuhören — **écouter**
d) in Panik geraten — **paniquer**
e) klopfen — **frapper**
f) abbiegen — **tourner**
g) lachen — **rigoler**

2 a) Julie **passe** deux semaines chez son père.
b) Maxime **partage** le gâteau avec ses amis.
c) Laurie et Inès **rigolent** beaucoup en colo.
d) Dans le canoë, Julie a peur. Carla demande: «Pourquoi est-ce que tu **paniques**?»
e) Samir dit à Julie: « **Tourne** à gauche!»
f) L'animateur dit à tout le monde: « **Écoutez** le programme!»

3

Deutsch	Französisch
Herein.	**Entrez.**
Es ist warm.	**Il fait chaud.**
Es ist kalt.	**Il fait froid.**
Ich habe die Nase voll.	**J'en ai marre.**
Das ist nicht leicht.	**Ce n'est pas facile.**
Alles läuft gut.	**Tout va bien.**
Wie ist das Wetter?	**Il fait quel temps?**
Das kann jedem passieren.	**Ça arrive à tout le monde.**

4
a) Le canöe de Julie **tourne** toujours à droite.
b) Vous **avez** peur du volcan?
c) Nous **partageons** la chambre avec des amis.
d) Maxime et Amir **présentent** le programme des vacances.
e) Je **note** mon nom sur la liste.
f) Ça vous **intéresse**, l'accrobranche?
g) Demain, on fait un tour à vélo. Les vacances **continuent**!

5
a) Je vais passer une semaine à Marseille.
b) À Marseille, il fait chaud.
c) Je vais faire un stage de tennis.
d) Je vais partager la chambre avec deux filles.
e) On va visiter la ville.
f) Mais on ne va pas faire du shopping.

6
a) Quand est-ce que tu vas aller en France?
b) Viens avec nous, on va rigoler!
c) Nous allons passer une semaine chez des copains.
d) D'abord, vous allez visiter un superbe château.
e) Toute la famille va partager le pique-nique.

7

		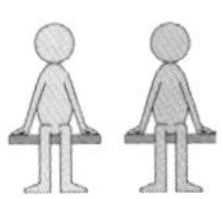
a) Tournez à droite.	☐	☒
b) Écoute le rap.	☒	☐
c) Ne panique pas.	☒	☐
d) Présentez les activités.	☐	☒
e) Partagez les crêpes.	☐	☒
f) Écoute l'animatrice.	☒	☐
g) Frappez à la porte.	☐	☒